BIBLIOTHÈQUE DE MES PETITS ENFANTS

LE FILS DU BUCHERON

BERNARDIN-BÉCHET, ÉDIT QUAI DES AUGUSTINS, 31.

LE FILS

DU

BUCHERON

PAR

A. DES TILLEULS

ILLUSTRATIONS DE DRANER

PARIS

BERNARDIN-BÉCHET, LIBRAIRE-ÉDITEUR

31, QUAI DES AUGUSTINS, 31

IMP BECQUET PARIS

LE FILS DU BUCHERON

Il faut que je vous raconte l'histoire d'un petit garçon qui, par son courage et sa fermeté, s'acquit une position honorable et procura le bien-être à son père.

Tout d'abord, je dois vous dire que cet enfant s'appelle Huber, qu'il est le fils unique d'un pauvre bûcheron et qu'il a perdu sa maman.

Ce petit garçon, privé des soins d'une mère, s'éleva comme il put, à la garde de Dieu et à l'aide des conseils paternels.

Il s'accoutuma de bonne heure au travail et aux privations.

Pendant que son papa travaillait, Huber ramassait des branches et faisait des fagots.

Le travail fortifia son corps ; la nécessité développa son intelligence et sa piété filiale lui donna du courage.

Chaque jour, Huber se levait avec le soleil et faisait sa prière. Ensuite, il conduisait sa chèvre Blanchette brouter dans la prairie.

Vers midi, le petit garçon, une hotte sur le dos, s'en allait rejoindre son père dans la forêt et lui porter à dîner.

Jamais Huber ne s'amusait en chemin, quoiqu'il en trouvât fréquemment l'occasion. Il savait que son papa avait besoin de se réconforter, et le bon petit garçon, qui chérissait son père, n'aurait voulu pour rien au monde lui faire attendre son repas.

L'après-midi, Huber faisait des fagots ; le soir, il apprenait à lire et à écrire.

Il conduisait Blanchette dans la prairie et la faisait paître aux bons endroits.

Quand arrivait le dimanche, le père et le fils mettaient leurs beaux habits et se rendaient à l'église.

Les femmes du village ne pouvaient se lasser d'admirer la gentillesse de cet enfant affectueux, qui ne se plaisait que dans la société de son papa.

Il faut ajouter que ce dernier avait pour son enfant la tendresse la plus vive et qu'il lui donnait l'exemple de toutes les vertus.

— Mon fils, disait-il souvent à Huber, on est toujours assez riche quand on possède la paix du cœur. Mais pour acquérir et conserver cette paix du cœur, il faut, coûte que coûte, tout sacrifier au devoir. Le bon Dieu n'abandonne jamais celui qui suit ses commandements.

Tous les dimanches, le bûcheron et son fils se rendaient à l'église du village.

Or, il arriva que le bûcheron, en ébranchant un chêne, tomba de l'arbre et se brisa la jambe.

Huber, témoin de l'accident, jeta des cris et se prit à pleurer.

— Mon fils, lui dit le bûcheron, c'est du secours et non des larmes qu'il me faut.

Le petit garçon courut au village.

Chemin faisant, il rencontra des chasseurs et leur raconta le malheur qui venait de le frapper.

L'un des chasseurs, qui était médecin, se rendit auprès du bûcheron et lui prodigua les premiers soins.

Des gens du village, avertis par l'enfant, rapportèrent le blessé dans sa demeure.

Le docteur, qui était généreux et bon,

Mon fils, lui dit le bûcheron, c'est du secours et non des larmes qu'il me faut.

malgré son apparence un peu rude, suivit le bûcheron jusque dans sa chaumière.

En voyant ce misérable logis et en apprenant que le blessé n'avait personne pour le soigner, le médecin déclara qu'il fallait le transporter sur l'heure à l'hôpital.

Huber, en entendant ces paroles, versa des larmes.

— Mon enfant, lui dit son père, c'est dans les circonstances difficiles qu'il faut montrer du courage : tu vas rester seul et sans pain, mais Dieu, qui protége les gens de cœur, ne t'abandonnera pas. Aide-toi, le ciel t'aidera.

Le jour même, le bûcheron fut transporté à la ville voisine.

Huber ne fut point obligé d'aller chercher son pain.

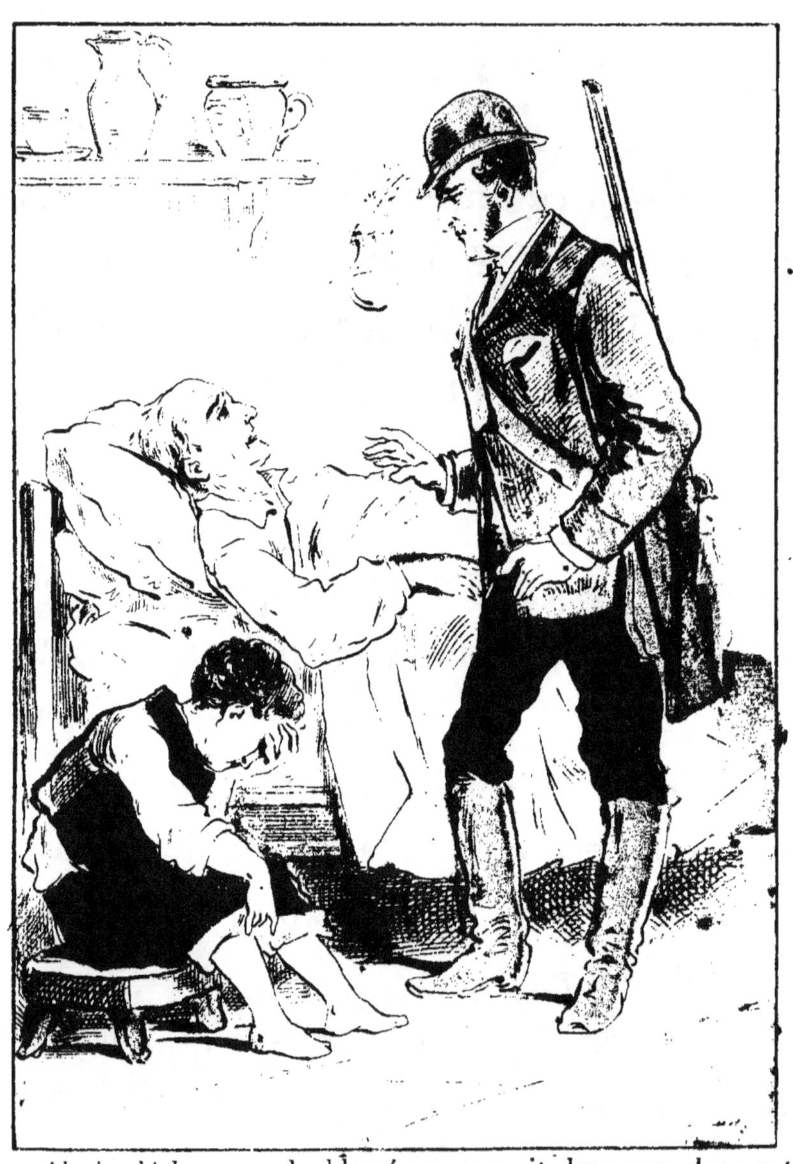

Le médecin déclara que le blessé ne pouvait demeurer dans cette pauvre chaumière.

Le médecin, ayant remarqué l'intelligence et le bon naturel de l'enfant, l'emmena dans sa demeure et l'attacha au service de son cabinet.

Le travail du petit garçon n'était point pénible ; il consistait à ranger le laboratoire, à porter la correspondance et à prévenir le docteur de l'arrivée de ses clients.

Huit jours après son entrée en fonctions, Huber trouva dans l'antichambre une lettre décachetée et sans adresse. Ne sachant à qui la remettre, il l'ouvrit et la lut. Tout aussitôt, il se rendit auprès de son bienfaiteur, lui donna cette lettre et lui dit qu'il en avait pris connaissance.

Le médecin pria Huber de ne révéler à personne le contenu de cette lettre.

Huber soignait la bibliothèque et le laboratoire du médecin, son bienfaiteur.

Le petit garçon promit la plus entière discrétion.

Le jour même, la vieille servante l'attira dans sa cuisine et, tout en causant, lui demanda le nom du signataire de la lettre.

Huber, pour toute réponse, invita la domestique à présenter elle-même cette demande à son maître.

Celle-ci ne se rebuta point et offrit des gâteaux et des confitures au petit garçon.

Huber repoussa ces friandises et déclara que pour tout l'or du monde il ne trahirait les secrets de son bienfaiteur.

En entendant ces mots, la vieille servante le chassa brutalement de sa cuisine.

Quelques jours après, le fils de la maison appela Huber dans son cabinet et le pria

La vieille servante, pour le faire parler, lui offrit des gâteaux et des confitures.

Huber refusant de répondre, le fils de la maison lui fit entendre des paroles menaçantes.

de lui citer quelques mots de la lettre en question.

L'enfant baissa la tête et garda le silence.

Le lendemain, le fils du docteur renouvela sa demande et offrit à Huber des jouets magnifiques.

Celui-ci refusa d'accepter les jouets.

Alors le jeune homme s'empara d'une canne et la leva sur le petit garçon en proférant des paroles menaçantes.

Huber demeura impassible.

Cette scène s'étant répétée, le petit garçon en éprouva beaucoup de chagrin, parce qu'il vit bien que le fils du médecin le voulait chasser de la maison.

Huber ne voulant pas trahir la confiance de son bienfaiteur, ni se plaindre du

Épuisé de fatigue et de faim, le petit garçon s'arrêta au milieu de la route.

fils de la maison, résolut de retourner au village.

Lorsqu'il fit part de ses intentions au médecin, celui-ci ne le retint pas.

Le petit garçon partit à pied et sans argent.

La route était longue et le soleil brûlant.

Après deux heures de marche, Huber, vaincu par la fatigue, s'arrêta sur le bord de la route.

Une dame survint dans un équipage.

Le petit garçon lui demanda la permission de monter auprès du cocher.

— Oui, répondit-elle, si vous me dites ce que renferme la lettre du docteur.

Huber salua sans répondre et poursuivit son chemin.

Huber, bien timidement, demanda un morceau de pain à cet élégant voyageur.

Huber, qui n'avait rien mangé depuis le matin, commençait à souffrir de la faim et se demandait avec inquiétude s'il arriverait au village avant le soir.

A mi-chemin, il rencontra un voyageur de bonne mine qui se réconfortait.

Ce voyageur avait installé sur l'herbe un volumineux pâté, du fromage, des fruits et des petits pains. Il y avait là de quoi satisfaire l'appétit de plusieurs affamés.

Huber, bien timidement, lui demanda un morceau de pain.

— Avec plaisir, répondit cet homme en offrant au petit garçon une large tranche de pâté ; mais, ajouta-t-il, tu me diras un mot concernant la lettre du docteur.

Huber quitta le voyageur et s'éloigna.

La nuit étant survenue, le petit garçon fit sa prière et s'endormit au pied d'un arbre.

Le petit garçon, dont l'estomac criait famine, mangea quelques fruits sauvages pour ne pas tomber en défaillance.

— Il paraît, se disait-il en cheminant, que cette lettre renferme des choses de haute importance, puisque tant de gens cherchent à me faire parler; mais, dût-il m'en coûter la vie, je ferai mon devoir.

Il marcha quelque temps encore et ne s'arrêta que vaincu par l'épuisement et la faiblesse.

Voyant qu'il ne pouvait gagner son village le jour même, il ramassa des feuilles sèches et se fit un lit au pied d'un arbre.

Après avoir adressé une fervente prière à Dieu, le petit garçon s'endormit d'un sommeil de plomb.

Huber se réveilla dans son lit. La vieille servante lui offrit un bouillon réconfortant.

Lorsqu'il se réveilla, il fut bien surpris de se trouver couché dans son lit et dans sa chambre de la ville.

Il n'en pouvait croire ses yeux et se demandait s'il ne rêvait point.

La vieille servante était à ses côtés, épiant son réveil. Sans prononcer une parole, la domestique lui offrit une tasse de bouillon réconfortant.

Huber, après avoir pris ce potage, se sentit ranimé. Il aurait bien désiré savoir comment Il se retrouvait dans sa chambre.

Le petit garçon pensa que son bienfaiteur ne devait pas être étranger à cette aventure.

Huber, entièrement reposé, se leva et se rendit dans le cabinet du docteur.

Le fils de la maison le conduisit dans une très-jolie maison de campagne.

En traversant le salon, Huber se trouva en présence du fils de la maison.

L'enfant, redoutant son ressentiment, voulut rebrousser chemin.

Le jeune homme sourit et lui fit signe d'approcher. Après quoi, prenant le petit garçon par la main, il l'emmena hors de la ville dans un immense jardin planté de grands arbres.

Au milieu de ce jardin s'élevait une élégante construction. A droite, et abrité par le feuillage, on voyait un chalet suisse des plus pittoresques.

Huber regardait son conducteur avec étonnement, mais n'osait l'interroger : celui-ci, toujours souriant, semblait jouir de sa surprise.

Ma sœur n'a point d'enfant et désire te prendre avec elle, lui dit le médecin.

Lorsqu'ils se trouvèrent en face de la terrasse, Huber aperçut le bon docteur qui causait avec la dame de l'équipage et le voyageur de la route.

La dame et le monsieur embrassèrent bien tendrement le petit garçon.

Le médecin lui dit :

— Mon enfant, tu as résisté aux épreuves que j'ai cru devoir te faire subir pour connaître ta force morale. Désormais, tu feras partie de ma famille. Ma sœur et son mari, que tu vois ici, n'ont point d'enfant et désirent te prendre avec eux.

— Bon docteur, je vous aime parce que vous avez soigné mon papa, répondit Huber. Il sera bientôt guéri, et je veux retourner auprès de lui.

Le petit garçon reconnut son père et se précipita dans ses bras.

— N'est-ce pas que c'est un brave enfan s'écria tout à coup un homme qui paru sur le seuil du chalet.

Huber reconnut son père et se précipit dans ses bras.

— Mon fils, lui dit le bûcheron, tu a fait ton devoir et Dieu nous a bénis. Grâc à nos bienfaiteurs, nous sommes à l'ab de la misère. L'accident qui devait nou accabler nous a relevés. Tu vois qu'il fa savoir lutter contre le malheur et ne jamai désespérer de la miséricorde divine.

BIBLIOTHÈQUE DE MES PETITS ENFANTS

Imp. Becquet Paris. p.v.

www.ingramcontent.com/pod-product-compliance
Lightning Source LLC
LaVergne TN
LVHW021642170726
843501LV00007B/2376
* 9 7 8 2 3 2 9 6 4 8 5 6 9 *